AF298785

STANCES

EN QUATRAINS LIBRES,

FAISANT SUITE

AUX DERNIÈRES CONSIDÉRATIONS

SUR L'AUTEUR

DE LA GRANDE OEUVRE

DE L'IMITATION LATINE,

ET SUR L'INTERNELLE CONSOLATION,

L'ANCIEN TITRE DE L'IMITATION.

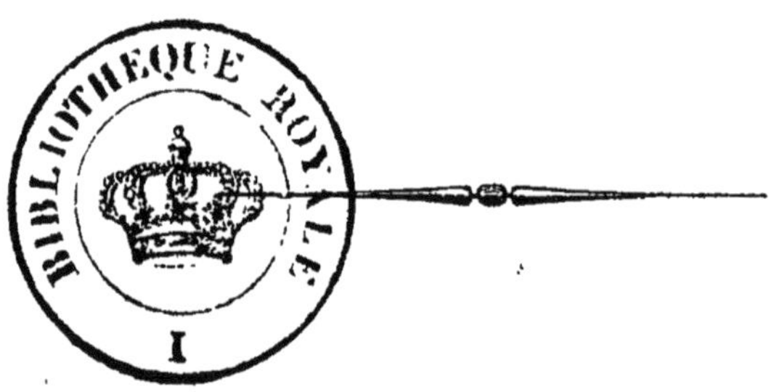

A PARIS,

CHEZ L'AUTEUR, RUE SAINTE-CROIX DE LA BRETONNERIE, 22.

1839.

HOMMAGE

AU BIENFAISANT ET CONSOLANT MÉDECIN, HABILE ET ANCIEN
VACCINATEUR, ET AUTEUR DE SAVANTS ET JUDICIEUX TRAITÉS
DES MALADIES DES FEMMES ET DES ENFANTS.

DOCTEUR praticien, connaissant l'excellence
Du Médecin dont l'œuvre est le salut futur,
Et qui dit : *Serò medicina paratur* (1),
JACQUES NAUCHE, par toi le printemps de l'enfance,
Devant au bon vaccin une longue existence,
Te rend cher aux humains, aux amis de Gerson.
Bien que Moreau m'en offre un docte Nourrisson (2),
J'aime à te consacrer, comme à CHOISEUL (MAXIME),
En style bref, concis, bien plus qu'en riche rime,
Sur le Docteur chrétien ma dernière leçon.
La sage humanité qu'offre en toi la Raison
Unie au dévoûment, est la Perle divine

(1) Gerson, *De Medicinâ animæ*, et *Imit. Christi*, I, 13. *Principiis obsta*, etc.
(2) Victor Moreau, Docteur-Médecin, Accoucheur distingué, ami des enfants et de Gerson.

Qui fait luire en Gerson la vertu masculine,
Et manque au vieux français, la *Consolation*,
Changeant l'ordre ancien de la forme latine
Par une complaisance et molle et féminine,
Étrangère au Docteur, chez qui l'Instruction,
Embrassant l'Équité dans l'*Imitation*,
Fait prévaloir sa mâle et céleste origine.

J.-B.-M. Gence.

1er mai 1839.

STANCES

EN QUATRAINS LIBRES,

FAISANT SUITE

AUX DERNIÈRES CONSIDÉRATIONS, ETC.

SUR L'IMITATION LATINE.

1.

GERSON, fuyant au loin la Discorde et l'Envie
Quand, pour défendre l'ordre, il dut sauver sa vie,
Avait en invoquant un Dieu, la Vérité,
Voulu n'être avec lui qu'un dans la Charité (1).

2.

L'homme, dont la cité, dit-il, est passagère,
Au milieu de la vie est déjà dans la mort.
De la gamme des ans le nombre septenaire
Sur ma tête a sept fois renouvelé mon sort (2).

---

(1) *Imit.* I, 3, *de Doctrinâ Veritatis.*
(2) Voyez les Notes de la Stance 16, dans la *Modulation* de la
grande Œuvre latine.

3.

Le Cloître au Pélerin redonne en Dieu la vie,
Son Livre est dans l'Eglise une œuvre d'harmonie.
Pour lui le Chant sacré des airs mondains vainqueur,
Par un rhythme onctueux devient le chant du cœur (1).

4.

Ah! qui ne se figure un des grands Monastères
Où Gerson marche, et suit au Ciel ses nouveaux frères,
Précédés par le Christ dont il porte la Croix,
Qu'impose à sa vertu la main du Roi des Rois (2).

5.

Le plus consolant Livre où la Bonté divine
Epanche en l'ame humaine un doux enseignement,
Quel grave accord final que l'œuvre pélerine
Eclatant sous le Ciel dans l'asyle allemand!

(1) Voyez les Notes de la Stance 17 de la *Modulation*.

(2) *Imit.* lib. III, cap. 56, où se trouve l'inscription appliquée par Valgrave au fictif Gersen, et qui convient parfaitement à Gerson. *Suscepi de manu tuâ crucem quam imposuisti mihi*, etc.

6.

Le *Chemin de la Croix,* comme la *Vie austère,*
Abien pu précéder l'œuvre du Monastère,
Embrassant de l'Auteur la haute instruction
Qui mène vraiment l'homme à la perfection.

7.

La Paix le reverra finir son grand Ouvrage
Dont le troisième Livre avait marqué son âge,
Quand le Cloître lointain, l'exil, l'anxiété,
Le tourne vers le Ciel et la Sérénité.

8.

Lyon nous rend Gerson; il s'élève et s'abaisse;
Il parfait sa grande OEuvre: humblement il professe.
L'eucharistique Cène est la foi que défend
D'un sentiment profond le plus touchant accent.

9.

Sur les points principaux, loin de se contredire,
Ferme et constant, Gerson ne s'est point rétracté :
Aussi d'un long exil pour la vraie équité,
Un autel à Lyon consacra son martyre.

10.

C'est dans l'ordre moral la marche graduelle
Qui reproduit le mieux sa force naturelle.
L'*Imitation* ouvre aux Vertus un chemin,
Dont la vie est l'objet, la vérité la fin.

11.

La Méthode française, espagnole, italique,
Epurer et toucher, illuminer, unir,
Dut à notre Docteur vraiment appartenir :
En morale, c'était la Réforme mystique.

12.

Analyste d'abord, quel Docteur plus fécond !
Quel Moraliste enfin, plus grand et plus profond !
Au Copiste flamand le partage commode (1),
A d'un ordre distinct moins marqué la Méthode.

(1) Le transcripteur Kempis, *pro pretio*, a même mis le troisième
Livre le dernier, comme le plus considérable. Pour plus de distinction, l'on a ajouté aux deux premiers Livres des titres sous le nom
d'*Admonitiones*.

13.

Le divin Guide au loin nous montre la clarté.
A le suivre, en marchant, le Seigneur nous convie,
Mais au Disciple entré dans la voie et la vie,
Il dira : Suivez-moi, suivez la Vérité (1).

14.

Le Pélerin Gerson, Imitateur du Christ,
A s'épurer d'abord dut préparer l'esprit.
Dans l'OEuvre originale, une vie affective
Ne pouvait précéder la vie épurative.

15.

Jean Gerson prescrivait, tel que le Précurseur,
De *faire pénitence* et croire à l'Évangile.
On ose dire, il fut du Christ le *Succurseur,*
Et nommé le Docteur très-chrétien entre mille.

16.

Des OEuvres de Gerson dans maint lieu parallèle,
Entre autres dans le *Mont de Contemplation,*
Luit l'énergique Auteur de l'*Imitation,*
Qui n'a pu dérober sa source originelle.

(1) *Imit.* III, 55.

17.

Où puisa-t-il qu'en lui le principal Auteur ?
Il n'a, m'écrit un jeune et studieux Docteur (1),
Nul tour habituel que n'offrent ses Ouvrages
Qui n'aient beaucoup aussi de ses traits vifs et sages.

18.

L'OEuvre interne en latin, de *Consolation*,
Dut se trouver au Val-de-Bénédiction :
Les *Consolations*, dites *intérieures*,
Au Codex de Grandmont seraient postérieures (2).

19.

De Labbé, par Dupin, fut annoncé l'ouvrage (3).
Une Thèse d'Haslé, de l'Auteur eut l'image (4).

(1) Charles Jourdain, Docteur ès-Lettres dans l'Université de Paris, qui a reconnu et m'a envoyé plusieurs nouveaux parallèles.

(2) Quoiqu'antérieures aux *Admonitiones*.

(3) La préface de Charles Labbé, de 1654, en faveur de Gerson, comme Auteur de l'*Imitation*, nous est seule restée.

(4) Le Portrait de Gerson, en tête de la Thèse de Louis Haslé, de 1653, se trouve accolée à la suite de la Miniature du Docteur dont l'OEuvre in-fol. est en ma possession, ainsi qu'un Portrait peint d'après lequel il est gravé.

L'enseignement, plus libre en l'Université,
Fit proposer un prix, par Geoffroi remporté (1).

20.

L'abbé non plus qu'Haslé n'a point promu Gerson (2),
Rosweyde eut Marillac, et Gonnelieu Cusson ;
Genoude eut Lallemant (3) : son défenseur Dassance,
Par Bossuet grandit de Gerson l'éloquence (4).

21.

Ce fut après trente ans de révolution,
Qu'au *Journal des Curés* la gallicane Église,
Dans notre État civil par le Consul admise,
Fit revivre Gerson et la Religion.

22.

Les Extraits si nombreux de la Bible et des Pères,
Ne sont-ils que traduits des passages vulgaires,

(1) Prix proposé en 1772 par l'Université, après l'expulsion des Jésuites.

(2) Peut-être par l'influence du Jésuitisme, sous lequel l'autel érigé à Lyon avait cessé d'exister.

(3) L'esprit jésuitique avait adopté les traductions les plus répandues.

(4) Les Réflexions de Bossuet sont les plus graves Commentaires de la traduction de l'*Imitation*, par Dassance.

Sans découler du sens que leur prête l'Auteur.
Plein des textes, n'est-il qu'un docte Translateur?

23.

Par l'Ombre de Gerson un nouveau cours d'années
Du vrai Docteur n'a pu rompre les destinées;
Sa grande OEuvre épurée en réclamait le nom.
L'Académie, enfin, n'a vu là qu'un renom.

24.

L'Auteur est-il Kempis, *martelant* écrivain (1),
Ou des Sermons français le lourd Scribe latin (2),
Ou Gersen septuplé par Weigl, éditeur grave (3),
Qui voit dans Wiblingen plus que n'a vu Valgrave?

25.

Fondé sur Bossuet, quand Dassance lui-même,
Me dit : Si l'Auteur n'est ni l'Extracteur flamand,
Ni le Gersen fictif, ou Lombard, Allemand,
C'est Gerson, résolu par ce simple dilemme (4).

(1) Kempis, dit *Malleolus*, écrivain grossier et barbare.
(2) Brisgoède, traducteur allemand des Sermons de Gerson.
(3) Editeur d'une Polyglotte en sept langues, reproduisant le Gersen de Gregori, figuré d'après Valgrave.
(4) La question réduite en effet à ces deux points ne serait plus un problème. Voyez dans la *Biographie universelle*, les noms de Wilton, Kalkar et Hubertin, prétendus Auteurs de l'*Imitation*.

26.

Du plus grave Orateur, quel héroïque éloge,
Dassance et Comballot (1) eussent fait du Docteur,
En le qualifiant du grand Livre l'Auteur !
Quel droit plus vrai conquis dans le Martyrologe (2) ?

27.

Dans le grand Schisme un nom qui par Gerson
[s'explique,
Du fait divin découle, est un nom historique (3),
Vingt titres, quoiqu'il fût pour Kempis réclamé,
L'ont, avec maints écrits, défendu, proclamé.

28.

Sa Doctrine attachée à l'*Imitation*,
Sortant du fait divin et vraiment Catholique,
Combat, par son immense et morale action,
Le parti Schismatique et le Mahométique.

(1) Qui ont nommé dans la chaire le Docteur très-chrétien.

(2) Saussaye y a mis plus justement Gerson, que l'on y a porté Gersen, l'ombre de son nom.

(3) Il eût été digne de M. l'abbé de Ravignan, dans la conférence du 5 mars dernier, à l'église Notre-Dame de Paris, de nommer, en parlant du schisme, Gerson comme l'Auteur le plus probable de la grande Œuvre morale de l'*Imitation*, et dont le nom, sous ce rapport, est devenu un titre historique.

SUR L'INTERNELLE CONSOLATION.

29.

Qu'un auteur studieux (1) ait trouvé par hasard,
Dans un Recueil pompeux et du plus haut mystique,
Après la Passion prêchée à Saint-Bernard (2),
La *Consolation internelle*, gothique.

30.

Transcrite au quinzième âge allant, vers le déclin.
L'OEuvre au hardi Sermon en français accolée,
Semble un pendant tronqué de l'*Imitation*,
Et du Codex latin de Clermont découlée (3).

31.

Lyon même et Paris ont un pareil Discours,
Non le consolant Livre, et s'il manque toujours,
Sans des rapports constants quel Auteur en induire?
Sans d'authentiques faits quelle preuve en déduire?

(1) Onésime Leroy, auteur d'Études sur Ducis.

(2) La Passion, par Gerson, à Saint-Bernard, à Paris.

(3) Codex dans le même ordre trouvé en la province de Bourgogne, et qui paraît écrit vers 1460.

32.

Que prouvent des traités, *miroirs d'humilité*,
Où gît quelque trait vague, ou rapport peu semblable,
Si nul n'est reconnu de l'Auteur véritable,
Bien loin que l'ordre inverse ait la priorité.

33.

Que dis-je ? à l'inventeur la copie en son âge
Paraît être un vieux texte, un mystère ancien ;
Et, bien que subverti, le primitif Ouvrage,
Soi-disant accompli du Docteur très-chrétien.

34.

Par la copie enfin, gardée à Valencienne,
De plus de quarante ans si l'on fait l'OEuvre ancienne,
Comment eût échappé son texte précieux,
Aux Chartreux si dévots, au Neveu si pieux !

35.

L'Écho de Lamartine annonce retrouvé
Le Français qu'Onésime a dit le mieux prouvé,
Mais que sans examen, sans étude profonde,
L'on put croire sorti d'une plume féconde.

36.

Le *Dixi* de l'Auteur, expliquant sa leçon,
Sur le haut prix de l'humble et céleste sagesse,
Exclut la complaisance et l'humaine mollesse :
C'est la Perle attachée à l'OEuvre de Gerson (1).

37.

Combien eussent aimé ses sœurs religieuses
La Perle qu'on voit luire en des ames pieuses,
Mon Hélène et Valdor, Eldir et Julia,
Si chère à Villenave, à Nauche, à Fortia !

38

La *Consolation*, pour Gerson la couronne,
Est la sage vertu que l'on doit conquérir
En chassant l'amour vain des cœurs qu'elle affec-
[tionne :
C'est là cet or si cher qu'il prescrit d'acquérir.

(1) *Imit.* III, 35. L'auteur rappelle ce qu'il avait dit ou fait enten-
dre, soit dans ce chapitre, soit dans l'un des Livres précédents.

39.

Enlacé dans des rets, l'homme, au cœur aveuglé,
Dans les ténèbres marche, est par elles *foulé* (1),
C'est du texte l'esprit. L'OEuvre dite *internelle*
En est-elle une source et profonde et réelle ?

40.

Le Principe de l'ordre est la clef du mystère,
L'homme naît-il au jour, la lumière l'éclaire :
Qui me suit, dit le Christ, marche dans la clarté.
Ce début prouve seul l'antériorité.

41.

C'est de l'*Admonemur*, du *Qui sequitur me*,
Que sortit en latin le sous-titre nommé
Des *Admonitions ;* l'une gardée en tête (2),
Et l'autre sous le nom d'OEuvre dite *Parfaite* (3).

(1) (Quem) *tenebræ conculcabunt.... Homo passionibus irretitur,*
III, 33, 48.

(2) La seconde mise en tête du français.

(3) La première renvoyée à la fin.

42.

L'Auteur français du *Mont de Contemplation*,
Présentant à ses sœurs une haute morale,
En fût-il descendu, pour elles libérale,
Dans un Codex français de l'*Imitation ?*

43.

Quand le Codex de Mœlck donne l'ère naissante,
Pourrait-on supposer qu'une main complaisante
Eût si fort adouci la *Consolation,*
Sans que le *Mont* perdît de l'élévation ?

44.

Le Titre ancien daté, né dans la Germanie,
A son Livre conforme au Codex de Grandmont :
Combien serait moins vieux le français qui se lie
Au latin de même ordre, au Codex de Clermont !

45.

Saint-Trond, moins que Nimègue, échappe au bon
[Flamand (1) ;

(1) Le Manuscrit de Nimègue, antérieur à 1429, triomphe plus de
Kempis que celui de Saint-Trond, bien postérieur à ce Manuscrit,
quoi qu'en ait dit dom Martenne.

Einsidlen et Weingart consolent l'Helvétie (1),
Les utiles conseils pour diriger la vie
En sont du cours moral un premier élément.

46.

De l'Aigue (2) et Villenave (3) ont su qu'aux mi-
[nistères,
Extrayant les *Olim*, et des plus érudits
Secondant les travaux, mes rapports littéraires
M'ont valu les leçons de nombreux Manuscrits.

47.

Le Gersen, reporté de France en Allemagne,
Est l'embryon qu'enfante au Cassin la montagne,
Comme, gros du français, le wallon féminin,
S'efforce d'engendrer le mâle auteur latin.

(1) Ces deux Manuscrits, aussi en trois Livres, suivent également l'ordre vulgaire, mais portent le titre *De Consolatione internâ*.

(2) Ancien Chef de division au Ministère de la Justice, dont les Archives contenaient 20 volumes d'Extraits des *Olim* et *Judicata*, des Registres du Parlement du moyen âge.

(3) Editeur du *Mémorial de l'Église gallicane*, et d'*Annales religieuses et littéraires*, où ont été insérés maints articles décrits dans les Prolégomènes de notre Édition, publiée depuis chez Treuttel et Würtz, en 1826.

48.

L'œuvre qui se répand sous l'ère de Luther (1)
D'*Internelle* devint depuis *intérieure*.
Le latin tant traduit ne la fit point meilleure.
Plus française, avec Beuil (2) elle n'a pu lutter.

49.

Si, sous le nom d'Andry, l'a traduite Lamy,
L'habile explorateur n'eût connu qu'à demi
Et l'Auteur et le temps de l'OEuvre non datée,
Dans l'ordre intervertie, et nullement citée.

50.

Docte Conservateur, Leroy (3), tu m'as décrit
Le mystique Recueil, sa riche Enluminure,
Balançant le célèbre et le beau Manuscrit
Où luit du Docteur l'OEuvre avec sa Miniature.

(1) L'*Internelle Consolation*, honorant les saints de Dieu sur la terre, ne fait pas comme le texte latin (liv. III, chap. 6) la mention expresse du culte des Saints dans le Ciel.

(2) Avec la traduction de Sacy, dit de Beuil.

(3) En réponse à mes demandes. Voyez dans mes dernières *Considérations*, la citation de MM. Leroy l'aîné, Mangeart, professeur de philosophie à Valenciennes, et Feltz-Ferrière, observateur instruit.

51.

A Gerson remontant, son pur texte prouvé
Prête au français (1) le nom que le latin lui donne,
Un Leroy (2) consolant m'a du moins retrouvé
Le Portrait de Gerson, l'honneur de la Sorbonne.

52.

Des devoirs et des droits le constant Défenseur
Au Concile, et dans l'œuvre où du monde Censeur
Il montre l'homme allant au Christ vers la lumière,
Eût-il, parlant à tout, changé l'ordre vulgaire ?

RÉSUMÉ GÉNÉRAL.

53.

Qui sequitur me, non ambulat in tenebris.
Quel plus simple début d'une œuvre où la lumière
Suit le progrès moral de l'homme en sa carrière
Par un rhythme animé, clair pour tous les esprits (3)!

---

(1) Le titre d'*Internelle Consolation*, traduit en wallon, du titre *De Consolatione internâ*, des manuscrits anciens, en 3 livres.
(2) N. Leroy, antiquaire.
(3) Voyez la Stance 40.

54.

Le grand Livre, en Gerson, à ses OEuvres se lie (1),
Sortant du latin même, une *Admonition*
Prépare, ouvre l'entrée à la morale vie,
Loin de clore la voie à la perfection (2).

55.

Sous la Perle du sage est la Palme cachée
Qui décèle pour prix la Consolation.
Par quel respect humain l'aurait-on arrachée
Au lieu d'en couronner des vertus l'union (3).

56.

Que sourd aux chants du Cloître, on ait du rang ex-
[trême
Rejetant les vertus, rompu leur liaison ;
Quel plus touchant Discours, en sa Péroraison,
Des Consolations comble l'OEuvre suprême (4) !

(1) Voyez ci-dessus, Stances 16, 17.
(2) Voyez la Stance 41.
(3) Voyez ci-dessus les Stances 36, 37 et 38.
(4) C'est la finale du *Tertium volumen Consolationum internarum*
du Manuscrit de Grandmont ; tandis que la suppression de l'Éloge
des pieux Religieux et de leurs chants nocturnes si chers à Gerson,
est prouvée par l'interruption du sens et la sécheresse qui en ré-
sulte.

57.

Le vieux wallon tronqué de l'anonyme ouvrage
Luit sous le titre ancien de *Consolation*.
L'Italien réduit met l'*Imitation*
Et Gerson à la tête en décore la page.

58.

De Bourgogne, plus tard, Macé pour la Duchesse,
Traduit, mais sagement, l'œuvre en un bref fran-
[çais,
Qui, par d'Astros louée, eut un digne succès (1).
Elle éclaira mes pas dans ma tendre jeunesse.

59.

Pour mes yeux épuisés, moins vive est sa clarté ;
Mais je suis toujours fort de cette vérité,
Qu'avec Gerson l'esprit, délivré des ténèbres,
Fait fuir des vanités les fantômes funèbres (2).

(1) M. d'Astros, alors Grand-Vicaire de Notre-Dame de Paris, me marquait son estime pour cette Traduction, dédiée à la Duchesse de Bourgogne, par M. Macé, curé de Sainte-Opportune, et dont j'ai conservé l'exemplaire qui fut mon premier Guide.

(2) Imit., lib. I, cap. 1, *si volumus veraciter illuminari et cœcitate cordis liberari : Vanitas vanitatum, etc.*

IMPRIMERIE DE LB. THOMASSIN ET COMPAGNIE, RUE SAINT-SAUVEUR, 30.